私の知らない歌

大木潤子

思潮社

私の知らない歌

大木潤子

思潮社

私の知らない歌

I

箱を崩す

鳥の
羽根が
舞う

鳥は
いない――

羽根だけが
舞う

羽根は羽根の
和毛は和毛の
時間を舞っている

朝焼けに
薔薇が浮かび上がる
さあおいで
私の知らない歌
陰惨な爪を忘れて
私たちは書くことを覚える

食べなくてもよいことを
時々忘れる

その
周囲《まわり》だけ
青く
明るい

闇では
ない

呼び合っては
いない
点滅を
繰り返す
生きて
いるもののように

遠く音が届く

「死んだことが
わかっていない」

風に
乗るときもある

移動する

自分を殺した者を
忘れている

草の葉の海
のなかを泳ぐ
日が

沈んでゆく

生きている
今も

瞬く、
呼吸《いき》を
している

生きている

今も

食べずに

混沌の階段

どうして
そこにいるの？

道がみな
混ざっていて
どの道を行っても
どこにいるのか
わからなくなる

どこにも
行けない

どうしたって
何かが欠けてるんだ
（ぜんぶ欠けてたりして）
何も
ない

時々
食べに戻る
人の
夢の中に
入っている

II

光の道が
交錯する、

音楽の
届く場所、——

金の輪

仙仙境、
法悦の山、
流れる
金糸雀《かなりや》
飛びたち、
扇の
ささやかなる
極楽、
往生の
秘術の
呰
かまびすしく、
頂上の
炸裂
極彩色の歌、
孔雀の文字、
風鈴と蜩、
竹藪

かぐや姫と彦市
そこから
始まったのかもしれない
世界が
逆さ吊りになっている

轟音
空を
一枚めくって向こうの
紫の実が
弾けてゆく

鹿の声
雨のように降り、
甘樫の丘に
火柱が立つ

極、彩色、
天上に懸かる

それは少しずつ
流れてゆく音、
何処かから
何処にも

音の束が
ほつれてゆく
溶けて
聞こえなくなる

真空に
積もってゆく

鷺の影がわたり
もう何も
見えない

横切るものの
後を追ってゆく

横切られる
鷺の影に
黒い
染みの落ちる
紙

いなくなった
鳥の声がして
ふりむくと
自分も
いない

III

虹の出る空の下で
骨がばらばらに砕けていく
静かな
夜の出来事である

骨からもう
音がしなくなった
音のしない骨

鳴りやまぬ骨
を鎮めてゆく

骨から
少しずつ
揮発するもの

青い粉が光る

もう
見えない

青い粉の
点滅
話を
している

点滅する
光の束
集まったり
また離れたり

骨の光の
点滅が
少しずつ
間遠になる

点滅する光
骨の
シグナル
少しずつ
消えていって
もう
何も

瞬く燐の光、
それは生きていた時の
鼓動のように、
瞬く燐の光、

燐光ふっふっ、
燐光ふっふっ、
燐光ふっふっ、

骨を
離れてゆく

虹の下の
病んだ木、

燐光ふっふっ、
燐光ふっふっ、
燐光ふっふっ、

虹の下の
病んだ木、

煙、
のようなもの、
煙、
のようなもの、

見え

亡く

鳴り

寝《ぬ》

何もない空間に、
静かに満ちていくものがある
気配に耳を澄ませば、
ひとつ、ふたつ、遠い
目もあらわれる。

虹の下の骨、数片

時間が通る細い道を歩いてゆく

書き替えられるアルバム

たなびくように、
ゆらゆら揺れる時間の紋

しなうような、うねるような時間の
道は通るとセーターに
トゲトゲの実がつくから、ひとつひとつ
もぎ取って、日の当たる
窓辺に並べて数える、

(左から始めるのと
右から始めるのとで数が違う)

トゲトゲの実は土に帰して、
うねる時間の管に戻ってゆく、

旋回する時間の
流れを逆に辿ってゆく、
元に戻っても、
そこにいたはずの私はいない、
私のいない時間がそこから
始まっていて、その時から私は
私のいない時間の住人になる

ねばねばした時間の管の中を
突起に手をかけ、摑みながら
逆に辿ってゆく

時間の渦を逆に歩いていく
その間にも時は過ぎてゆくから
辿り着くのは未知の場所だ

アルバムに罅が入り
粉々に砕けてゆく

骨が
綺麗に
並んでいて
いじらしい
のであった。

骨を踏む
きしきしと
音

骨を並べて
そのひとつひとつに
語りかける

生きている時
何の接点もなかったその
骨

踊る骨、
骨の輪舞《ロンド》
地獄へ、と、

結ばれてゆく

骨の

響き

IV

紐と鏡

窓の向こうに鏡

刃先から
花

ほそい 刃が 降る

目が
痛い

響くもの
響いてくるもの

——音?——何の

窓を開けると
そこは
絵であった
出られない窓

中に
遊具が
あって
ぶらんこを
揺すっていた

裏箔
から出て
鏡
を眺める
幼い子が
遊具を
揺すっている

紐を
投げる、
——花が
降る！

あれは
どんな
時間
が走る太陽
だったろうか？

どんな
時間
が走る稲妻
の中だったろうか？

（どんな嘲り
の中だったろうか？）

どんな
天気
が抜ける門
の向こう
から届く

光——

だったろうか？

嘲りの鈴が鳴っている
遠い空からそれは届く
その音のひとつ
ひとつに朱の
筆で記す

嘲りの島！
地中の水脈を、
ぶった切って、
骨（ばらばらだよ、もう）
を拾ってゆく

歩いても
歩いても
どこにも
辿り着かない
場所が
変わっているのかもわからない

風景が
ない

嘲られた記憶
を失って
歩き続けている

嘲られた記憶
が連れ
去ったのだろうか？

嘲られた記憶
と一緒に
何かが
失われたまま
歩き続けている

喪服を着た人が戻ってくる
扉を閉め
線香を焚いて
祈る

花の降る日に
喪服の人は来た
傘を少し傾けて
過ぎていった

歯噛みして
地団駄を踏み
諸手を上げて
沈んでゆく

鎖がうねり、跳ねる、
歌はいつでもそこに、
逆さに紛れる。

縄が生える、
縄が伸びてゆく、
そして静かに頸を垂れる、

落ちてくる、
雨の一粒一粒に、
穴を穿つ、
落ちてくる、
雨の一粒一粒に、
穴を穿ち、
溶けて入り、
雨と一緒に、
消えていこうとする、

雨の中に住んでいて
消えたり、現れたりした
雨の中に住んでいて
透きとおった球越しに
風景を見た

雨が少しずつ削れてゆく
ほそくなる雨の中にわたしがいる
もう少し削られると自分も痛い
と心配しながら降る

森のなかで羽が呼吸している
その雨が降りやむ日まで
細い道のような隙間を時折開き
瞬いて
また閉じて待つ

扉の果て

試みの、
真夜中の歌、
いくつも、いくつも、
無駄になって、
笑っている、
向こう側の、
光のなかから、
もう、
手の届くものが、
ない

まるで絶望のように、
滴がいくつも、
流れてくる、
名付けるならば溶けて、
消えてしまうまえに、

小さな虫の魂が、
目に見えない、
無念だった思いが、
微かな重さとして、
手のひらに触れ、
消えていった、
その闇のなかに、
入ってゆく、

まるで歌のような泡、
まるで泡のような歌、
（すぐに消えてゆくので、
書き留めることができない、）

幾何学のように交錯する
光の粒
次に会えるのはいつかと、
そのひとつひとつに尋ねる

蝶に
なれなかった
幼い虫たちの
声が
降って
光が
眩しい

小さな虫たちの
霊が瞬いて
光の道を
つくる

鏡の中を歩いている

鏡の中に生まれた

わたしを
鏡の中に
生んだ人たち

鏡の中から人が動くのを見ている

綱を握る

行為をおこなう

闇の音楽、

記憶から
紡ぎ出される歌、

列

渦

紋

弔いの、——

降ってくる
降ってくる
涙のようだ

畳んで
折る
畳んで
折る

寒い
輪の
中で

輪の声がする

傷ついた
輪の
響き

遠い
シグナル

ささやかな寿ぎ

今日を
またいで
明後日に
行く

心を浸した予備の缶詰

今日のリボン

塊
もしくは
魂
の
ようなもの
揺れながら、

五月三十日の日記に、十二月三十日と記し、そこから、始めた。少しずつ逸れてゆき、戻らなければ、と思うのだが、真っ直ぐの線がどこにあるのか、見えないから呼ぼうと思うが、誰を呼んだら良いのかがわからない。

裏切りのようなことが
雨になって降ってくる
静かな降り立ち

鏡の中で
（……）が歪んでいる

結われてゆく

光が少し
曲がっている

線、角度、交点

回転ドアが
振り子のように
往ったり来たりするだけ
その
内側にいる

闇の扉の
挨拶にたじろぐ
軽やかな憔悴
の泡がいくつも
のぼってゆく

諦念のようなものから
芽があらわれ
双葉が生え
やわやわと
のびてゆく茎がある

さよなら
さよなら
空気の
泡の
模様が描く
別れ

鏡の
内側で
休む
光の
影

光が休んでいる
その影の
歌

光の
通り道を
ひらく

鳥の形をした歌
鳥の形の空白

鳥の形をした
光の
声

砂が
零れて
鳥の
かたちになる
飛び立つものの
気配

音の
輪郭を
なぞる

光の
内側へと
向かう
力の
重さ

時間の
軸が
折れ曲がって
血が
滴ってくる

時間の闇との対話

時間をたたむ

夢の心

闇を
たたんでゆく

光の
内側に届いて
そこで止まる

鳥の形をした
光の集まり

鳥の形をした
光の空白

死
という空白を
生きていこうとする

鏡のなかで動いているもの

鏡のなかから
小鳥が舞って
指に
とまり
空に
消える

鏡の
なかで生まれた
小鳥たちの
歌

割れた
鏡のかけらを
小鳥たちが
ついばむ

壁
に描かれた
窓
が開いて
風
が入ってくる

空の
向こうから
（小鳥の）
歌

V

行き止まりではない、小さな、細い径《みち》がある

声が谺している

自分の声が
聞き分けられない

ぐにゃぐにゃした
時間の渦の中
元来た道を
戻ってゆく

アメンボが動いて
水紋が広がる
幼かった日　池で
アメンボを追っていた
あの時の
水紋が
いま

鈴の音が
届く
それは
いつ鳴っていた鈴？

遠い
水紋の
響きが
ここを
揺らす

途切れる
時間の
真空
を顫わせて
向こう側の
時間が届く
そして新しい
時が生まれる

遠い時に
光を当てる
当てようとするのだが
夢のなかの光のように
暗い

奥の方から
聞こえてくる声の
意味が
とれない

ゆるい
しかばねの中を
歩いていく

時間と時間の谷間、その
裂け目に爪を入れて裏返
してゆく、出てくるのは
やわらかな赤子の皮膚だ

親のされこうべ
粉々に

脳の網の目の闇をくぐる

鼠の内耳のような豚の腸の
粘膜のようなやわらかい場
所に新しい時を記していく

ばらばらの、ビーズの穴に糸を通すようにして時間をつくっていきます。ビーズは淡い色で日に透かさないと色の違いがわかりません。

時間の階段を、一つ昇
っては消し、一つ昇っ
ては消し、ばらばらに
なった、糸を糊で繋ぐ

内壁に触る、
その突起を摑んで

ソレハモウ
トメドナク
クミカエガ
ヒツヨウデス

違フ、違フ、ト、
言ヒツヅケル眼

ソウジャナイ、
ソウジャナイ、ト

積んだ積み木を、ひとつひとつ
下に降ろしていく

ツユムシを手のひらに乗せて
ツユムシに水を飲ませる
ツユムシの生きる時間を思う

海に出る

時間の海

親のされこうべも
流れてくる

波の
階段を上がって

見える風景

ツユムシの群れが
草を食んでいる

四方八方から
光が射す

跳ねるもの、舞うもの

降りてくるもの、
羽を持たぬもの

粉

のようなもの

の

散乱

鱗粉、

（燐光、——）

放射される

傷

（閃光）

傷跡から、

剝かれる、
剝かれる、

ツユムシの、
うな垂れて、
群れて葬列、
楽園／
追放／

雷が幾筋も
交差し、

音が光と化し、

落ちる火の玉、

ソレハネ、アナタガ
ワルイノデス、ワタシノ
オモイドオリニ
ウゴカナイカラ

オイデ、ト言ッテモ来ナイシ、
行ケ、ト言ッテモ行カナイ

暑イ。暑イノヨ。
暑イ、ッテ言ッテルデショ？
何デ窓開ケナイノ？

ツユムシの
葬列、
頭を垂れて
親のされこうべを
踏みつけて進む

百舌が鳴いている、
これはいつ鳴いていた百舌の声？
これはいつ鳴く百舌の声？

遠い
時間を隔てて
伝播する音、

廃材の上を歩いてゆく

四方八方に広がる時間の網

閃光、――

どこに行くのか

溢れる、
溢れる、

落ちる——

（ツユムシの／葬列）

雨に濡れて光る

網の

時間の

とける、

白い

空

無

私の知らない歌　目次

V	IV	III
343	171	93

私《わたし》の知《し》らない歌《うた》

著者
大木《おおき》潤子《じゅんこ》
発行者
小田久郎
発行所
株式会社思潮社
〒一六二―〇八四二 東京都新宿区市谷砂土原町三―十五
電話〇三(三二六七)八一五三(営業)・八一四一(編集)
FAX〇三(三二六七)八一四二
印刷・製本所
創栄図書印刷株式会社
発行日
二〇一八年六月一日